Alistuva Kirjoittaja

Erika Sanders
Sarja
Dominointi ja eroottinen alistuminen

Synopsis

Samanthan suurin pelko oli, että joku tunnistaisi hänet näistä kuvista.

Mutta tämä ongelma ratkaistiin käyttämällä ohutta maskia.

Naamio oli pieni ja peitti vain hänen silmänsä ja nenänsä, mikä oli tarpeeksi hyvä säilyttääkseen hänen nimettömyytensä.

Alistuva Kirjoittaja on romaani, jossa on vahva eroottinen BDSM-sisältö, ja puolestaan uusi romaani, joka kuuluu Erotic Domination and Submission -kokoelmaan, sarja romaaneja, joissa on korkea romanttinen ja eroottinen BDSM-sisältö.

(Kaikki hahmot ovat vähintään 18-vuotiaita)

Huomautus kirjoittajasta:

Erika Sanders on yli kahdellekymmenelle kielelle käännetty kansainvälinen kirjailija, joka allekirjoittaa eroottisimmat kirjoituksensa, kaukana tavallisesta proosastaan, tyttönimellään.

Indeksi:

ALISTUVA KIRJOITTAJA
ERIKA SANDERS

11

OSA ENSIMMÄINEN
REAKTIO

13

LUKU I

Samanthan suurin pelko oli, että joku tunnistaisi hänet näistä kuvista.

Mutta tämä ongelma ratkaistiin käyttämällä ohutta maskia.

Naamio oli pieni ja peitti vain hänen silmänsä ja nenänsä, mikä oli tarpeeksi hyvä säilyttääkseen hänen nimettömyytensä.

Hän loi valokuvaajalle erilaisia asentoja.

Se oli tyylikäs kuvausistunto alistuvalla sävyllä.

Useat köydet sitoivat kevyesti hänen pienen ja ohuen vartalon, joka oli peitetty ohuella mustalla mekolla.

hänen ranteensa oli sidottu yhteen ja hänestä otettiin nyt valokuvia maassa makaamassa.

Se oli taide-istunto, jonka teki puolikuulu paikallinen valokuvaaja, joka myi muotokuvia eri taidegallerioissa.

"Niin, erittäin kaunis", sanoi valokuvaaja käveleessään pois. "Käänny ympäri. Vatsallaan. Hyvä. Käänny ympäri."

Se oli hauskinta Samanthalla pitkään aikaan.

Hän kääntyi ympäri kuin orjapentu.

Sitten hän kääntyi taaksepäin.

Hänen kasvoillaan oli lievä hymy, joka elätti fantasiaansa.

Valokuvaaja huomasi Samanthan hymyn , ja hän hymyili takaisin ja otti samalla lisää kuvia.

"Luulen, että olemme valmiita tälle päivälle", hän sanoi laskeen kameran alas. "Sinä olit erinomainen."

Hän nousi seisomaan ja käveli häntä kohti sidotut ranteet osoittaen eteenpäin.

"Tein juuri niin kuin käskit", hän hymyili.

Valokuvaaja irrotti hänen ranteensa ja vapautti hänet lopulta kaikista kahleista.

Hänen ranteissaan oli pieniä punaisia jälkiä.

"Anteeksi siitä. Ehkä tein niistä hieman liian tiukkoja."

Hän pudisti päätään ja otti naamion pois.

"Älä huolehdi siitä. Luulen, että vedin liian lujaa. Ja jäljet haalistuvat pian."

"Kova tyttö."

"Korkeudesta puheen ollen, onko mahdollisuutta lisätyöhön?"

"Se riippuu", valokuvaaja vastasi. "Muutaman viikon kuluttua on tulossa taidenäyttely. Jos muotokuvasi menevät kaupaksi, palkkaan sinut mielelläni lisäämään kuvia."

Hän hymyili.

"Odotan sitä innolla."

LUKU II

Kun Samantha oli pukeutunut, hän meni suoraan makuuhuoneeseensa.

Koulutöitä oli vielä paljon tekemättä.

Lukukauden haastavin tunti oli hänen luovan kirjoittamisen kurssi, joka keskittyi täyspitkien tarinoiden tekemiseen.

Se oli luokka, jolla hän halusi työskennellä eniten, koska se antoi hänelle mahdollisuuden kirjoittaa.

Hän rakasti kirjoittaa.

Ja hän halusi tulla jonakin päivänä kirjailijaksi.

Mikä tärkeintä, se antoi hänelle alustan aloittaa ensimmäisen romaaninsa kirjoittaminen merkittävän professorin johdolla.

Hän oli professori, jota olin syvästi ihaillut kauan ennen kuin menin hänen luokkaansa.

Hän oli professori, joka oli kirjoittanut useita kirjoja, joita Samantha oli rakastanut ja lukenut varttuessaan.

Nuo vanhat kirjat vaikuttivat Samanthan kirjoitustyyliin, ja hän oli innoissaan mahdollisuudesta saada tämä opettamaan itseään.

Hän viimeisteli yhden sivun pääpiirteen kirjoittamisesta seuraavasta keksitystä tarinastaan istuessaan sängyllään.

Hänen täytyi lähettää se professorille ennen seuraavaa tapaamistaan.

Vietettyään tuntikausia kirjoittaessa ja pohtiessa Samanthan transsimainen tila murtui muutamasta koputusta seinään.

Se oli hänen kaunis kämppäkaverinsa ja paras ystävänsä lukiosta asti, pukeutuneena vain pyyhkeeseen ja hänen hiuksensa oli juuri kuivattu suihkun jälkeen.

"Kirjoitatko vielä juttujasi?" Vicky kysyi.

"Voi, tottakai, työskentelen edelleen sen parissa."

"No, miten valokuvasi meni tänään?"

Samantha nosti peukkua.

"Melko hyvä."

"Näisin mielelläni uuden kirjan."

"Odota, anna minun tarkistaa, lähettikö hän ne minulle jo."

Samantha avasi nopeasti Gmail-tilinsä ja näki uusia sähköposteja.

Valokuvaaja sai sähköpostin, joka avasi ja latasi sen sisältämän tiedoston.

Kuvia oli kaikkiaan kolmekymmentäkahdeksan.

" He ovat täällä, lähetän ne sinulle heti", Samantha sanoi. "Ja kerro minulle mielipiteesi. Henkilökohtaisesti pidän sitä erittäin hyvänä asiana. Pidän siitä paremmin kuin viime kerralla."

Tietenkin Samantha arvosti Vickyn mielipidettä asiasta erittäin paljon, sillä hänen ystävänsä oli tehnyt paljon mallityötä itse ja hän suunnitteli myös työskentelevänsä muotialalla jonakin päivänä suunnittelijana.

Vicky pudotti pyyhkeen ja seisoi alasti.

"Tarkastan ne myöhemmin. Oletko jo käynyt suihkussa? Juhla on tunnin kuluttua."

"Voi paska."

Vicky laittoi rintaliivit päälle.

"Se on yksi niistä päivistä, vai mitä?"

"Hitto, odota."

Samantha avasi nopeasti sähköpostinsa ja kirjoitti viestin professorille.

Hän liitti Word-asiakirjan ja lähetti sen sitten.

Sitten Samantha avasi toisen sähköpostin ja kirjoitti lyhyen viestin Vickylle.

Hän liitti tiedoston 38 alistuvan orjakuvan kanssa ja lähetti sähköpostin.

Samantha sulki sitten kannettavan tietokoneensa ja hyppäsi ylös sängystä.

Hän käveli puolialastoman kämppätoverinsa ohi pieneen kylpyhuoneeseen, joka oli vielä hieman kostea, koska Vicky oli juuri käyttänyt sitä.

Hän riisui vaatteet, meni sitten suihkukaappiin ja avasi hanan päästääkseen kuuman veden vesiputouksen valloilleen.

Saippuaessaan ja shampoollaessaan hiuksiaan Samantha ajatteli seuraavaa kirjoitusprojektiaan ja tapaamista professorin kanssa.

Hän mietti, kuinka hän selittäisi työnsä.

Miten hän esittäisi sen?

Miten hän aikoi ilmaista itseään?

Pääasiat, jotka hän halusi välittää, jotta professori ymmärtäisi hänen ajatuksensa ja toivottavasti tarjoaisi hänelle kaivattua hyväksyntää ja ymmärrystä.

Hän mietti myös vähäpätöisiä asioita, kuten mitä laittaa päälleen.

Hän halusi näyttää tyylikkäältä, mutta rohkealta, lähettämättä myöskään vääriä signaaleja.

Hän halusi näyttää älykkäältä olematta liian tiukka.

Hän ei myöskään halunnut näyttää liian yksinkertaiselta tai helpolta, muuten hän menettäisi opettajan kunnioituksen.

Hänen täytyi näyttää hyvältä.

Ehkä hän kysyisi Vickyltä tämän mielipidettä myöhemmin myös tästä asiasta.

Samantha sulki veden, kuivasi hiuksensa ja palasi asuntolaan, jossa Vicky oli jo pukeutunut ja käytti omaa kannettavaa tietokonettaan.

"Mitä mieltä olet kuvista?" Samantha kysyi katsoen komeroonsa.

"Tarkoitatko kirjoitustasi?"

"Ei, kuvilleni tietysti."

"No, lähetit minulle vahingossa kirjoituksesi", Vicky kertoi. "Se näyttää aika hyvältä. En ole suuri lukija, mutta ostaisin tämän kirjan, jos kirjoittaisit sen."

Samantha jäätyi.

Hänen silmänsä suurenivat ja vatsa painui.

Hän ryntäsi kannettavan tietokoneensa luo ja tarkisti Gmail-tilinsä.

Hän tarkisti lähettämänsä sähköpostit nähdäkseen viestin, jonka hän oli lähettänyt professorille.

Sitten hän katsoi liitteenä olevaa tiedostoa.

"Voi luoja".

Hän peitti suunsa kädellään tajuttuaan lähettäneensä vahingossa professorille kolmekymmentäkahdeksan orjakuvaa.

"Elämäni...on... pilalla", Samantha kuiskasi, kaatui sänkyynsä ja halusi itkeä samalla.

"Vittu, lähetitkö juuri ne kuvat opettajallesi?" Vicky nauroi hauskalla tavalla.

Samantha hautasi kasvonsa tyynyyn.

"En halua puhua siitä."

"Katso valoisaa puolta. Jos hän on tavallinen kaveri, hän todennäköisesti antaa sinulle luokasta A:n. Huono puoli on, että joudut luultavasti imemään hänen munaa. Ellei hän ole kuuma, olet mukana herkkua. Tiedätkö, kaikki se opettaja/opiskelija teema."

"Tapaan hänet huomenna. Toivon, että hän ei ilmoita, että olen yrittänyt pyytää seksiä tai jotain. Minut voidaan erottaa koulusta."

"Onko olemassa sääntöä, joka kieltää alistuvien kuvien lähettämisen opettajalle?" Vicky kysyi.

"En tiedä."

"No, kävit suihkussa supernopeasti. Ehkä hän ei ole vielä nähnyt sitä. Mikset soita hänelle ja käske häntä välttämään sähköpostisi katsomista?"

Samantha istui suorassa kyyneleet silmissä.

"Olet nero."

Hän etsi kurssiohjelmasta professorin matkapuhelinnumeroa, mutta se ei ollut siellä, toisin kuin muut professorit.

Ainoa tapa toimia olisi rukoilla, ettei hän ole vielä nähnyt sitä.

Hän lähetti toisen varoitusviestin etukäteen.

Hän lähetti sähköpostin otsikolla: ÄLÄ AVAA TOISTA SÄHKÖPOSTIOTA

"Opettaja,

Olen Samantha. Meillä on tapaaminen huomenna aamulla. Lähetin sinulle toisen sähköpostin muutama hetki sitten. Toivon vilpittömästi, ettei hän avannut sitä. Jos ei, älä tee sitä. Jos näin on, olen erittäin pahoillani. Se oli vahinko.

Tässä lähetän sinulle kirjoitukseni.

Toivon, että tämä virhe ei vaaranna akateemista suhdettamme. Aion silti tavata hänet huomenna keskustelemaan kirjoitusprojektista.

Ystävällisin terveisin,

"Samantha."

Sitten hän liitti tiedoston, jossa oli kirjoitus, tarkistaen, että hän teki sen tällä kertaa oikein.

Kun viesti oli lähetetty, Samantha putosi takaisin sängylle.

Hän tajusi, että hänen pyyhkeensä oli avautunut ja hänen vasen rintansa oli osittain esillä, mutta hän ei välittänyt.

Minulla oli vielä juhlat, joihin pääsin.

Mutta hänellä ei ollut aavistustakaan, voisiko hän enää koskaan pitää hauskaa.

LUKU III

Juuri ennen aamukokousta Samantha asettui paikalle ottamalla vaatteita kaapistaan.

Khakihousut, valkoinen napillinen paita ja tumma liivi.

Epävirallinen, mutta luokassa.

Hän käytti hiuksensa poninhännässä ja käytti minimaalisesti meikkiä.

Viimeinen asia, jonka halusin tehdä, oli eroottinen tunnelma, varsinkin sen kauhean sähköpostivirheen jälkeen, johon professori ei myöskään vaivautunut vastaamaan.

Hän meni hänen toimistoonsa humanistisessa rakennuksessa.

Kun hän pääsi sinne, hän näki lasiovesta professorin istumassa pöytänsä takana tietokonetta käyttämässä.

Samantha oli hieman ärsyyntynyt siitä, että professori oli hänen tietokoneessaan, eikä hän koskaan vaivautunut lähettämään hänelle sähköpostia.

No, hän ajatteli, että se olisi säästänyt hänet hankaluudesta.

Hän koputti oveen saadakseen heidän huomionsa.

"Juuri ajoissa", professori sanoi. "Sulje ovi ja istu."

Opettaja oli häntä paljon vanhempi.

ehkä neljäkymmentäviisi tai viisikymmentä vuotta vanha, kaksi kertaa häntä ikäinen.

Hän oli melko komea, tiukka ja voimakas käytös.

Hänessä oli viisautta, mikä teki selväksi, että hän oli erittäin älykäs henkilö.

Hän sulki oven ja istui tuolille opettajan pöydän edessä.

Hän istui pystyasennossa täydellisessä asennossa, kun sähköpostin aihe viipyi hänen mielessään.

Hän mietti, ottaisiko hän sen vai ei.

Tähän asti näin ei näyttänyt olevan.

Sen sijaan professori laittoi paperin pöydälle.

Se oli tuloste Samanthan kotitehtävistä, jossa oli käsinkirjoitettuja muistiinpanoja.

"Olen vanhaa koulua", hän sanoi. "Kirjoitan mieluummin paperille ja kommentoin kynällä. Aloitetaanko nyt?"

Hän nyökkäsi.

"Tietysti."

"Menen nyt käsillä olevaan asiaan, pidän ajatuksistasi. Tarina nuoresta naisesta, joka on löytänyt tiensä elämässä, on hyvin toistuva, mutta tämä on uusi käänne. Jos muistan oikein, ensimmäisenä päivänä kurssilla sanoit, että haluat tulla kirjailijaksi, eikö niin?"

Hän nyökkäsi.

"Näin on."

"Ja sanoit, että haluat tehdä tästä ensimmäiseksi romaaniksi, jonka toivot julkaisevasi jonain päivänä, pitääkö sekin paikkansa?"

"Se on aivan oikein. En ole kertonut sinulle tätä, mutta olen itse asiassa suuri kirjojenne fani. Ne inspiroivat minua. Ja arvostan todella kommenttejasi."

"Arvostan ystävälliset sanat", hän sanoi rauhallisella äänellä. "Olen täällä sinua ja kaikkia muita oppilaitani varten. Siksi minusta tuli opettaja välittämään tietoni, mitä minulla on, auttamaan seuraavan sukupolven kirjailijoita."

Samantha katsoi häneen sekoitettuna huolta ja tuskaa, ikään kuin hän olisi syvästi nöyryytetty vain istuessaan siellä.

"Onko jokin vialla?" opettaja kysyi.

Hän keräsi rohkeutensa.

"Tarkasitko sähköpostin eilen illalla?"

"Ilmeisesti tein. Keskustelemme kirjoitustehtävästäsi, eikö niin?"

Hän tunsi itsensä idiootiksi.

"Ei tuo sähköposti. Viittasin toiseen, tiedätkö, vahingossa lähetettyyn sähköpostiin. Siinä oli liitetiedosto. Latasitko sen?"

"Minun tehtäväni on katsoa, mitä opiskelijat minulle lähettävät. Joten kyllä, kun näin liitteen, avasin sen."

"Näitkö kuvani?" Samantha kysyi retorisesti.

"Sähköpostisi otsikko oli, että se oli kotitehtäväsi. En ole ajatustenlukija, Samantha. Kyllä, näin valokuvasi. Mutta älä nolostu."

Hän henkäisi lyhyen helpotuksesta.

"Joten et ole pettynyt minuun?"

"Miksi minä olisin?"

"Koska hänen opiskelijansa, joka käy arvostetussa yliopistossa, poseeraa sellaisissa kuvissa."

"En tuomitse ihmisiä siitä, että he tutkivat muita polkuja", hän vastasi. "Tästä elämässä on kyse, eikö? Löytää mistä pidät, mistä et pidä, ja sitten tehdä päätöksiä."

"Kiitos."

"Koska?"

"Kiitos, että et ollut ääliö", hän sanoi. "Anteeksi kielenkäyttöni, mutta olen varma, että muut tämän yliopiston professorit olisivat erottaneet minut. Joko se, tai he vaatisivat suuseksiä tai jotain."

"Itse asiassa olin pyytämässä palveluitasi."

Hän oli yllättynyt.

"Todellako?"

"Vitsailen. Olet luultavasti oikeassa. Muut opettajat ovat saattaneet tulkita sen sähköpostin seksuaaliseksi pyynnöksi. Mutta en ole muiden opettajien kaltainen. Ymmärrän, että ihmiset tekevät virheitä sähköpostien kanssa."

"Entä itse valokuvat?" hän kysyi. "Pidätkö sitä virheenä minulta?"

"Niinkö sinä?"

Samantha istui pitkänä ja uhmakkaana.

"Ei, en tiedä. Olen ylpeä kuvista, jotka he ottivat minusta. Minusta ne ovat kauniita ja taiteellisia."

"Jos näin ajattelet, kuka minä olen tuomitsemaan ?"

"Olen iloinen, että tajusimme sen", hän vastasi helpottuneena.

"Miksi et sisällytä tätä romaaniisi? Olet vihjannut seksuaalisuuteen liittyvistä teemoista tarinassasi, jonka aiot kirjoittaa, joten miksi et sisällyttäisi jotain tästä? Sinun ei tarvitse mennä yksityiskohtiin, vaan puhua omasta tarinastasi. omaa tutkimusta."

"Rehellisesti sanottuna en tiedä pystynkö siihen."

"Onko sinulla kokemusta näiden kuvien elämäntyylistä?" hän kysyi.

Hän pudisti päätään.

"Ei oikeastaan ".

"Miksi ei, jos saan kysyä?"

Samantha mietti hetken.

"En ole koskaan löytänyt ketään, johon voin luottaa tekemään sen. Tarkoitan, että seksi on yksi asia, mutta alistuminen on jotain muuta. Minusta tuntuu, että se on paljon intiimimpää ja se pitäisi jakaa vain oikean henkilön kanssa."

"Siksi minä pidän sinusta. Olet älykäs, lahjakas ja vahva. Siellä on paljon idiootteja. Mutta todellinen Mestari - alistuva -suhde perustuu luottamukseen ja kiintymykseen. Mestarin on kunnioitettava alistuvaa. Luottamusta täytyy olla . Vain silloin alistuva voi olla täysin vapaa päästämään irti. "

Hänen kasvoilleen ilmestyi hymy.

"Mistä sinä tiedät tämän kaiken?"

"En yleensä puhu tästä, mutta olin mestari useille naisille elämäni aikana. Naiset olivat hyvin alistuvia ja antoivat minulle täydellisen tottelevaisuuden. Vastineeksi pidin heistä huolta, emotionaalisesti ja seksuaalisesti. Ne perustuivat ihmissuhteisiin. luottamuksesta ja keskinäisestä ymmärryksestä."

Hetken Samantha hämmästyi.

Hän odotti toimistopäivän olevan tuskallisen hankala.

Sen sijaan hän sai seksuaalisesti edistyneen opettajan, joka ilmeisesti ymmärsi häntä.

"Ei hätää", hän sanoi. "Luulen, että olet oikeassa. On järkevää sisällyttää joitain näistä asioista kirjoitusprojektiini. Ei tietenkään kaikkea orjuuteen liittyvää, mutta itsereflektio ja löytö."

Opettaja taitti paperin.

"Joten nyt et tarvitse kaikkia muistiinpanojani, koska tarina on muuttunut. Mutta ota ne mukaasi. Ehdotan, että etsit romaanisi toiselle puoliskolle uuden tarinan ja uuden lopun. Monet oppilaat löytävät tämän kurssi itsessään on silmiä avaava. He oppivat asioita itsestään kirjoitusprosessin aikana. Sitä rakastan opettamisessa."

Pettymyksen tunne valtasi Samanthan, kun opettaja asetti taitetun paperin hänen eteensä.

"Onko tapaamisemme ohi?" hän kysyi.

"Kyllä. Sinun täytyy tietysti muuttaa osia tarinastasi, joten kommenttini siellä ovat periaatteessa hyödyttömiä."

"Voimmeko tavata uudelleen? Halusin silti jutella kanssasi saadakseni kirjoitusvinkkejä."

"Voimme keskustella kirjoittamisesta, kun olet saanut juonen käsiteltyä."

Samantha valtasi uuden luottamuksen ja ymmärryksen.

Se oli kuin loppiainen.

Hänen rakkautensa orjuuteen ja kirjoittamiseen kohtasivat ilmeisesti ensimmäistä kertaa.

Hän nyökkäsi.

"Kiitos kaikesta. Olet paras."

"Miksi minusta tuntuu, että suunnittelet jotain?"

"Juuri ensimmäinen romaanini", hän hymyili.

"Tarkoitin, mitä sanoin. Pidän siitä, että olet varovainen fantasiojesi ja kehosi kanssa. Jos voin opettaa sinulle yhden asian, se olisi, että älä tee mitään typerää kehollesi. Kunnioita itseäsi. Se on tärkeintä mitä voin opettaa sinun kaltaisellesi nuorelle naiselle."

Sillä hetkellä Samantha tunsi jotain professoria kohtaan.

Hän tunsi sen mielessään, sydämessään ja jalkojensa välissä.

Hän tiesi sen.
Ja professori tajusi, mitä hänen täytyi ajatella.

OSA TOINEN
KUVIA

29

LUKU I

Muutama viikko kului.

Taidegalleriassa saavutetun menestyksen myötä valokuvaaja pyysi Samanthaa palaamaan studioon ottamaan lisää valokuvia, ja hän otti sen mielellään vastaan.

Se oli heidän tilaisuutensa paeta elämän stressiä ja antautua fantasialle.

Lisäksi rahat, jotka hän sai siitä, olivat hyviä.

Puvuna hänellä oli yllään pieni musta asu, joka koostui nahkarintaliiveistä ja pikkuhousuista.

Hän käytti myös mustia saappaita.

Lopulta ja mikä tärkeintä, hänellä oli yllään pieni musta naamio.

Jumala varjelkoon, että kukaan tunnistaisi hänet.

Kun Samantha puki vaatteet ja naamion päälleen, hän tunsi jännitystä valmistautuessaan valokuvaukseen.

Hän ymmärsi oudolla tavalla huumeriippuvaisten tarpeet.

Tämä oli hänen riippuvuutensa.

Jotain, jota kaipasin henkisesti ja fyysisesti.

Kun hän oli valmis, hän astui studioon, jossa valokuvaaja valmisteli kameraansa.

Valot, rekvisiitta ja taustat olivat jo paikoillaan.

Heillä oli tavallisia keskusteluja ja vitsejä.

Samantha ilmaisi kiitollisuutensa ja onnensa siitä, että muut muotokuvat olivat myyneet hyvin.

Valokuvaaja huomautti, että kaikki oli hänen ansiostaan.

"Jatketaanko siitä mihin jäimme?" valokuvaaja kysyi pitäen kameraa kädessään, hihna kaulassa.

"Itse asiassa haluaisin kokeilla jotain hieman erilaista tänään."

Hän vaikutti avoimelta sille.

"Onko sinulla jotain mielessä?"

"Ei oikeastaan. En tiedä. Mutta tunnen oloni hieman seikkailunhaluisemmaksi."

Hän ajatteli hetken.

"Mitä jos näyttäisit lisää ihoa? Tiedän, että olet aina ollut huolissasi siitä, mutta enemmän ihoa yleensä auttaa myyntiin."

Lyhyen epäröinnin jälkeen Samantha veti rintaliivien vasemman puolen alas paljastaen osittain hänen pienen vaaleanpunaisen nännin.

"Mitä siitä?" hän kysyi.

Hän pysyi ammattimaisena asian suhteen.

"Voimme tehdä sen näin. Toki. Entä orjuus? Sama kuin ennen?"

"Kädet selän takana tällä kertaa. Ja polvillani. Pidän siitä, kuinka haavoittuvalta näytän."

"Oliko kahvissasi tänään jotain?" hän vitsaili.

"Jätä se. Olen vain nainen, jolla on idea mielessä."

"Mitä ikinä sanotkaan. Pidän siitä ajatuksesta. Aloitetaan tästä . Sidon ranteesi takaapäin."

Valokuvaaja laski kameran alas ja antoi sen roikkua kaulastaan.

Sitten hän meni hakemaan köysiä.

Samantha kääntyi ympäri ja laittoi kätensä selkänsä taakse.

Ennen kuin hän sitoi köydet häneen, hän pysäytti hänet.

"Odota, odota hetki."

Samantha kurkotti eteenpäin ja veti myös rintaliivien oikeaa puolta hieman alaspäin paljastaen hänen kaksi pientä vaaleanpunaista nänniään.

Sitten hän vei nopeasti kätensä takaisin selkänsä taakse.

"Okei, olen nyt valmis", hän sanoi.

Valokuvaaja sitoi köyden ja muodosti solmun liittäen Samanthan kädet.

Tämä antoi hänelle oudon tyytyväisyyden tunteen, varsinkin nyt, kun hänen nännit paljastuivat.

"Nyt olemme valmiita jatkamaan. Anna minulle asento. Koska olet tänään seikkailunhaluinen, annan sinun improvisoida. Tee mitä haluat."

Samantha kohtasi valokuvaajan, joka otti muutaman askeleen taaksepäin ja alkoi ottaa kuvia.

Hänestä tuntui oudolta , että mies otti kuvia hänen paljaista nänneistä, kun hänen kätensä olivat sidotut.

Se oli niin jännittävää ja hän tunsi surinaa jalkojensa välissä ja pistelyä nänneissään.

Hän ei voinut tehdä paljon käsillään.

Ja olin tottunut saamaan ohjeita mallintamisen aikana.

Alku oli siis hieman hankala.

Hän tottui siihen hitaasti liikuttamalla olkapäitään, lantiotaan ja jalkojaan erilaisten asentojen muodostamiseksi.

Sitten hän laskeutui polvilleen.

Haavoittuva asento.

Hän otti erilaisia kuvia eri kulmista.

Hän kääntyi kyljelleen.

Hän otti siitä lisää kuvia.

Hän kiertyi ja painoi vatsansa ja nännit lattiaan.

Hän otti kuvia hänen pepustaan.

Sitten hän kiertyi selälleen, kädet sidottuina taakseen, nännit osoittaen ilmaan.

Hän otti lisää kuvia ja tunsi adrenaliinin.

Kiitos Jumalalle naamiosta, jonka ansiosta hän pystyi säilyttämään identiteettinsä, kun nämä kuvat julkaistaan eri taidegallerioissa, joita Jumala tietää kuinka moni näki.

Exhibitionismi oli hänelle outo tunne.

Mutta ei niin paljon kuin alistuminen.

LUKU II

Pikaisen masturbaatioistunnon jälkeen makuuhuoneessaan Samantha pesi kätensä ja asettui sänkyynsä.

Hän istui suorassa selkä tyynyä vasten ja kannettava tietokone sylissään.

Valokuvauksesta tuoreena hän oli aseistautunut uusiin tunteisiin ja kokemuksiin, mikä oli täydellinen hänen kaltaiselle amatöörikirjailijalle.

Hän avasi tekstinkäsittelyohjelman ja jatkoi kirjoitustehtäväänsä, joka olisi myös hänen ensimmäisen romaaninsa perusta.

Minulla oli jo useita sivuja valmiina.

Samanthan kirjoittaessa hän osui tiesulkuun.

Hän pohti, kuinka paljon hän käyttäisi henkilökohtaisesta elämästään.

Hän ihmetteli, missä määrin tarinan hahmo päättää tutkia.

Ja tutkia mitä?

Samanthan fantasia oli seksuaalinen alistuminen.

Sitä hän oli aina kaivannut.

Sitä hän halusi.

Mutta sen lisääminen kirjaan antaisi perheellesi ja ystävillesi tietää sisäiset ajatuksesi, koska he kaikki lukisivat sitä.

He ihmettelivät, kirjoittiko Samantha puhtaasti kuvitteellista tarinaa vai ilmaisiko hän omia toiveitaan ja käyttikö kirjaa viestintävälineenä.

Se oli kirjoittajan dilemma.

Onneksi hän tiesi miehen, jolle hän voisi puhua tästä.

Hän avasi Gmail-tilinsä ja näki, että hänellä oli kaksi sähköpostia.

Toinen ystävältä , toinen valokuvaajalta, joka oli juuri lähettänyt sähköpostilla viimeiset kuvat, jotka he olivat ottaneet aiemmin samana päivänä.

Mutta se ei nyt ollut tärkeää.

Hän kirjoitti viestin, jonka otsikko oli suora: Voimmeko tavata?

"Hei opettaja,

Toivon, että voit hyvin. Kirjoitustehtäväni edistyminen on ollut tasaista, mutta olen törmännyt tiesulkuun tarinan suhteen.

Tarkemmin sanottuna kamppailen sen kanssa, kuinka paljon henkilökohtaisesta elämästäni minun pitäisi sisällyttää siihen. Ja kyllä, viittaan aiheeseen, josta keskustelimme toimistossanne muutama viikko sitten. Olen varma, että ymmärrät, mitä minun täytyy tuntea tästä.

Auttaisitko minua!

"Samantha"

Hän lähetti viestin.

Sitten hän luki ystävänsä sähköpostin ja lähetti nopean vastauksen.

Lopulta hän avasi valokuvaajan sähköpostin, jossa oli lyhyt kommentti ja liite, jossa oli yhteensä kuusikymmentäkahdeksan kuvaa.

Hän latasi tiedoston ja katsoi kuvia lyhyesti.

Oli vähän surrealistista nähdä itsensä tuollaisena.

Kädet sidottu selän taakse.

Naamio, joka piilotti hänen henkilöllisyytensä.

Ja hänen nännit paljastuivat.

Valokuvat hänestä polvillaan ja selässään olivat jännittäviä.

Eroottisen taiteen harrastajat ostaisivat ne kuvat ehdottomasti seuraavassa taidenäyttelyssä.

Ne oli tehty loistavasti, Samantha ajatteli.

Hän mietti hetken, pitäisikö hänen lähettää samat kuvat professorille.

Ehkä hänkin haluaisi nähdä heidät.

Hän ilmeisesti ymmärtää Samanthan valinnat, joita hän arvosti syvästi.

Lisäksi nuo kuvat olivat jossain määrin merkityksellisiä hänen kirjoitustehtävänsä kannalta, koska ne osoittivat hänen omaa seksuaalisuuttaan ja tutkimusta.

Samantha laati toisen sähköpostin, jossa oli lyhyt otsikko ja lyhyt viesti professorille.

Hän liitti tiedoston, jossa oli kuusikymmentäkahdeksan kuvaa, jotka valokuvaaja oli ottanut hänestä samana päivänä.

Hän lähetti opettajalleen lisää bondage-kuvia, mutta tällä kertaa se oli tarkoituksella, ei sattumalta kuten ennen.

Hänen sormensa viipyi hieman sähköpostin "lähetä"-painikkeella.

Hän epäröi.

Sitten hän poisti sähköpostin kokonaan.

Mitä opettaja ajattelisi, jos hän lähettäisi hänelle uuden sarjan orjuuskuvia?

Hän luultavasti pilkkasi häntä, hän ajatteli, koska hän sanoi hänelle, että toinen oli ollut virhe.

Tai että hän yritti epätoivoisesti vietellä häntä.

Sähköposti saapui.

Se oli vastaus opettajalta:

"Tietenkin olen vapaa huomenna yhdeksältä aamulla. Opetan toisen tunnin kello kymmenen aamulla, joten aika on rajallinen.

Lähetä minulle tarinasi. Luen sen tänä iltana ja voimme keskustella siitä huomenna.

opettaja"

Asiat olivat käynnissä ja pyörät oli saatu liikkeelle.

Hän lähetti hänelle sähköpostin liitteenä tarinastaan.

Hän ihmetteli, mitä hän ajattelisi.

LUKU III

Seuraavana aamuna.

Opettajan kabinetin ovi oli auki.

Kuten tavallista, hän näytti tekevän töitä, katsellen pöydällään olevia papereita.

Samantha oli pukeutunut samalla tavalla kuin heidän viime tapaamisensa.

Jotain rentoa, mutta tyylikästä. Ei liian seksikäs, ei liian röyhkeä.

Hän ei halunnut lähettää vääriä signaaleja, etenkään siitä, mistä he kiistelevät.

Koputettuaan oveen opettaja näki oppilaan ja kutsui hänet sisään.

He vaihtoivat muutaman ilon, kun hän istui häntä vastapäätä pöydän ääressä.

Toki he olivat puhuneet monta kertaa luokassa, mutta yksityinen tapaaminen oli aina erikoisempaa.

"Luitko sinä kaiken?" hän kysyi.

"Tein. Ja pidin siitä todella", hän vastasi. "Vahva työ. Sinulla on hyvä lahjakkuus. Uskon, että vahvuutesi kirjailijana on realismi. Hahmoissa on paljon syvyyttä."

Ylpeys räjähti Samanthan sisällä, mutta hän onnistui hillitsemään sen.

"Kiitos. Olen miettinyt tätä paljon."

"Olen varma, että teit. Kirjoitustehtävänä tämä on luultavasti A-tason paperi", hän selitti. "Mutta et ole tyytyväinen siihen, etkö olekin? Haluat tulla kirjailijaksi."

"Näin on."

Opettaja otti joitain papereita.

"Tein muutamia muistiinpanoja, joista halusin keskustella kanssasi. Ne ovat yksinkertaisia esimerkkejä kuvausten ja toissijaisten tarinoiden laajentamiseksi, jotta saat valmiiksi hyvän kirjan. Vaikka en odota sinun tekevän sitä nyt. Suoraan sanottuna, jos jokainen opiskelija ojensi minulle pitkän romaanin, jota lukiessani olisin jatkuvasti hämmentynyt. "

Samantha otti paperit ja hänen silmänsä tarkastivat muistiinpanoja.

"Tämä on hämmästyttävää. Kiitos."

"Minua ei tarvitse kiittää."

"Onko tämä kaikille opiskelijoille?" hän kysyi.

"Vain opiskelijoille, jotka haluavat tulla kirjailijoiksi ja haluavat ylimääräistä kritiikkiä. Autan aina mielelläni tässä asiassa."

"Oletko koskaan nukkunut opiskelijan kanssa?" Hän kysyi suoraan, välittämättä mahdollisista seurauksista.

"Miksi kysyt minulta sitä?"

"Teen hahmotutkimusta kirjoitustehtäväni vuoksi."

Hän hymyili.

"Onko niin? Olet suora tyttö, tiedätkö sen?"

"Ujo tytöt eivät pääse tällaiseen kouluun. Se on varmaa."

"Olet varmaan oikeassa siinä."

"Mikä on vastaus?"

"Tein yhden opiskelijan kanssa muutama vuosi sitten", hän vastasi. "Mutta muista, että en ollut stalkeri. En ole koskaan jahdannut naisopiskelijaa seksuaalisesti."

"Miten se sitten tapahtui?"

"Oletetaan, että meillä oli yhteinen ystävä ja tapasimme juhlissa. Swingerijuhlissa. Meillä molemmilla oli samat kiinnostuksen kohteet. Hän oli hardcore-alistunut. Olin kokenut Dom. Voitte kuvitella loput."

"Mielenkiintoista."

"Onko tämä todella tarinassasi?"

"Luultavasti", hän vastasi. "Tarinassani nuori nainen muodostaa suhteen miehen kanssa, joka on paljon vanhempi ja jolla on paljon enemmän kokemusta elämästä."

"Toivottavasti myös komea."

"Todellakin."

"Siitä puhuen, mainitsit sähköpostissasi jotain henkilökohtaisen elämäsi sisällyttämisestä tarinaasi."

Samantha nyökkäsi.

"Se on oikein. Sydämeni ja mieleni haluavat viedä tarinan samaan suuntaan. Asia on, että siihen suuntaan liittyy seksi. Useimmat nuoret käyvät läpi tämän vaiheen, jossa he haluavat vain tutkia seksiä ja sen kauneutta. . Luulen, että siksi se virtaa kirjoitukseeni."

"Ja olet huolissasi siitä, että ihmiset tuomitsevat sinut tarinasi sisällön perusteella."

"Juuri. Kävitkö saman läpi kirjojen kanssa?"

"Tietenkin. Mutta se on erilaista. Olen mies. Olet nuori nainen. Yhteiskunnalla on erilaiset standardit meitä kohtaan seksin suhteen. Mutta jos etsit minulta vastausta tähän asiaan, minä Anteeksi, en voi antaa sinulle yhtä. " Vastaa. Tämän on oltava sinun. Tämä on sinun taidesi, sinun tarinasi, ei minun."

Samantha mietti hetken ja nyökkäsi.

"Saanko näyttää sinulle jotain?"

"Tietysti."

"Hetkinen."

Samantha tarttui hänen puhelimensa ja etsi hänen kuviaan.

Sitten hän ojensi puhelimensa opettajalle.

"Ne ovat valokuvauksesta, jonka tein eilen", hän selitti. "Melkein lähetin ne sinulle eilen, mutta en pitänyt sitä sopivana."

Hän tarkasteli selkeitä kuvia.

"Miksi se on mielestäsi nyt sopivaa?"

"Koska arvostan mielipidettäsi. Ja halusin näyttää sinulle, että otin neuvojasi, kun viimeksi tapasimme. Käskit minun kunnioittaa vartaloani. No, niin minä. Arvostan. Nuo asennot olivat minun ideani. Se on minun fantasiani. ja seksuaalinen ilmaisuni kuin terve nuori nainen."

Opettaja katsoi kuvia puhelimesta uudelleen.

"Näytät varmasti terveeltä nuorelta naiselta."

Hän ojensi puhelimen takaisin hänelle ja Samantha laittoi sen pois.

"Saanko kysyä sinulta henkilökohtaisen kysymyksen?"

"Miksi ei? Olemme jo olleet henkilökohtaisia."

Hän nielaisi.

"Mitä sinä tekisit mestarina alistunellesi, jos hän olisi siinä asennossa? Polvillaan kädet sidottuna."

"Haluatko tietää tämän jostakin erityisestä syystä?"

"Olen vain utelias. Se auttaa kirjoitustehtävässäni, koska ymmärtäisin, mitä todellinen mestari tekisi siinä tilanteessa."

Hän ajatteli hetken.

Ehkä hän ajatteli mitä tekisi.

Ehkä hän mietti, pitäisikö hänen sanoa se vai ei.

Samantha ei voinut kertoa.

Lopulta professori vastasi:

"Harjottaisin kurkkuasi."

Hän hämmästyi hetken.

"Minä kai tarkoitat..."

"Syvä kurkku. Anteeksi kielenkäyttö, mutta niin minä tekisin. Se on ilmeisin asia siinä asennossa, eikö? Olet polvillasi. Kädet sidottuna selkäsi taakse, et ole pystyy vastustamaan suullista sisääntuloani."

Samantha tunsi pillunsa kiristyvän.

"Se on varmasti järkevää."

"No, näin luodaan hyvä tarina. Kuvittelet kaikki skenaariot ja mitä tapahtuisi seuraavaksi. Miten eri hahmot reagoisivat kussakin tilanteessa. Näin sinun pitäisi ajatella."

"Tiedän."

Hän kohotti kulmakarvojaan.

"Kuulostaa siltä, että sinulla on enemmän koko tarinaasi kuin se, jonka lähetit minulle sähköpostitse."

" Minä lähetin sinulle kaiken", hän sanoi leikkisällä ilmeellä. "Minulla on myös paljon ideoita, mutta en ole vielä kirjoittanut niitä muistiin. Minun on päästävä yli ihmisten ahdistuksesta, jotka tietävät ajatukseni."

"Kirjoittajat eivät voi rikkoa rajoja, jos he ovat huolissaan siitä, mitä ihmiset ajattelevat. Se on varmaa."

"Onko sinulla neuvoja siihen?" Hän kysyi hieman korkealla äänellä, aivan kuin hän ehdottaisi jotain.

"No, olen kirjoittanut kaikki romaanini samalla tavalla, eli tuottaa parhaan mahdollisen tarinan, jonka haluan kertoa, ja toivon, että ihmiset nauttivat sen lukemisesta."

"Käydä järkeen."

"Mutta en suosittele sitä sinulle, koska olemme keskustelleet luonteesta", hän lisäsi. "Sinun on oltava oma päätös, millaisen tarinan haluat kertoa, kuinka rehellistä se on ja kuinka paljon seksiä haluat sisältää."

"Entä jos haluaisin, tiedätkö, ylittää rajoja?"

"Se on sinun päätöksesi. Mutta kuten sanoin, älä ole tyhmä sen suhteen. Tämä maailma on täynnä ihmisiä, jotka haluaisivat käyttää sinua seksiin."

"Entä jos haluaisin tulla hyväksi? "

Professori katsoi häntä suoraan silmiin.

Hän katsoi takaisin häneen.

Kumpikaan heistä ei ollut tietämätön.

He tiesivät tasan tarkkaan, mitä toistensa päässä liikkui.

"Olen liian vanha peleihin, Samantha", professori sanoi. "Olen jo ollut antelias aikaani ja palautetta kohtaan. Joten jos haluat minulta jotain enemmän, älä pelaa pelejä, ole vain aikuinen nainen ja sano se."

Samantha tunsi rintaansa kiristävän.

Hän hengitti sisään ja ulos kovemmin.

"Autatko minua? Opetatko minua?" Hän sanoi jo luottavaisesti.

"Opetatko sinulle mitä tarkalleen?" hän kysyi terävästi, kuin opettaja moitti huonoa oppilasta liian epämääräisestä. "Ole selvä."

"Olisitko mestarini?"

"Se valinta on lahja", hän sanoi. "Sinun on valittava viisaasti."

Hän veti syvään henkeä.

"Teinkö juuri kauhean virheen? Jumalauta, olen idiootti. Olen niin pahoillani. Pyydän, pyydän sinua, älä anna tämän pilata akateemista suhdettamme. Haluan todella jatkaa työskentelyä kanssasi . "

"Oletko äänekäs, kun saat orgasmin?" hän kysyi suoraan.

"Anteeksi?"

"Se on yksinkertainen kysymys. Luulen, että kuulit minut oikein."

Hän selästi kurkkuaan.

"Olen melkein normaali. Mutta kaikki riippuu tietysti mielialastani ja siitä, miltä minusta tuntuu."

"Nosta paitaasi ja nosta sitten rintaliivejäsi paljastaaksesi nännit, kuten näissä kuvissa."

Se oli totuuden hetki.

Ensimmäinen kerta, kun Samantha antautui miehelle.

Hän kohotti huolellisesti silitettyä paitaansa paljastaakseen paljaan vatsansa.

Sitten korkeammalle paljastaakseen hänen valkoiset rintaliivit, jotka sisälsivät hänen hieman häiriintyneet rinnat.

Sitten hän nosti rintaliivit paljastaakseen pienet vaaleanpunaiset nännit.

"Onko tämä sinun käsityksesi hallita minua?" hän kysyi melkein uskaltaen häntä tekemään enemmän.

"Se on alku. Haluatko mennä pidemmälle?"

"Joo."

"Pelaa nänneilläsi. Purista. Purista. Haluaisin nähdä kuinka teet sen."

Samantha totteli opettajaa.

Hän puristi ja puristi pieniä vaaleanpunaisia nännejään heidän katsoessaan edelleen toistensa silmiin.

"Onko tämä minun aloitukseni?" hän kysyi.

"Ei tarkalleen. Ei vielä."

Hän jatkoi rintojensa hyväilyä.

"Se ei ole?"

"Ensinnäkin minun täytyy nähdä, kuinka rohkea olet. Valokuvaus on yksi asia, todellinen elämä on toinen", hän selitti. "Avaa housujen vetoketju. Leiki alastomalla emättimelläsi minulle. Juuri siellä. Tule saamaan orgasmi, mutta tee se hiljaa. Sitten keskustellaan siitä, kuinka voit rikkoa rajojasi myöhemmin."

Hän alkoi avata housujaan.

"Minä jaksan sen."

"Tekeekö tämä sinusta epämukavaa?"

"Se on vähän outoa", hän vastasi hieman kohauttamalla olkapäitään. "Mutta se on jännittävää."

Housunsa ollessa auki, hän työnsi oikean kätensä housuihinsa ja hieroi klitistään.

He pitivät katsekontaktia hänen masturboiessaan, ikään kuin se olisi jonkinlainen haaste.

"Mitä ajattelet?" kysyi.

"Haluatko todella tietää?"

"Tietysti."

Samantha jatkoi leikkimistä klitillään.

"Molemmat valokuvaamassa yhdessä. Bondage session."

"Mitä me tekisimme?"

"Sinä sitoisit minut. Sitten harjoittaisit kurkkuani."

"Kova? vai pehmeä?"

Hän hymyili .

"Miksi et kerro minulle?"

"Olen aina mukava", hän vastasi katsellen oppilaansa masturboivaa hänelle. "Haluan mieluummin ottaa aikaa ja mennä hitaasti. Jos syventäisin sinua, se olisi melkein romanttista, oudolla tavalla. Menisin hyvin hitaasti. Varmistaen, että voit ottaa oikean määrän. Kun olet tottunut siihen, minä menisi vähän nopeammin, vähän vaikeammin."

Samantha hieroi klitistään nopeammin kuunnellen opettajansa puhetta.

Hän kuvitteli skenaarion, jonka hän kertoi puhuessaan.

"Voi luoja", hän huokaisi hieroen nopeammin.

"Luulen, että olet valmis olemaan alistuva. Ja ehkä minä haluaisin olla mestarisi."

Samantha haukkoi sanat "oi luoja" jälleen huipentuessaan.

Ei ollut häpeää tai samankaltaisuutta, kun hän tuli katsoessaan professoria silmiin.

Hän oli hetken melkein hengästynyt, kun hänen ruumiinsa jännittyi ja sitten vapautui.

Hän vapisi hieman, kun kaikki oli ohi.

Opettaja nousi seisomaan ja käveli kohti oppilasta , joka oli vielä toipumassa orgasmistaan.

"Hyvin tehty", hän sanoi.

Opettaja laittoi Samanthan rintaliivit päähän ja veti hänen rinnat sisään peittämään nännit.

Sitten hän veti tämän paidan alas ja varmisti, että se oli mukava ja siisti.

Sitten hän auttoi häntä nappaamaan housunsa.

Kun opettaja pukeutui Samanthaan, hän näytti uudelta, kasvoillaan kirkas ilme ja sormenpäät hieman kosteat.

"Mitä seuraavaksi?" hän kysyi. "Meille."

"Seuraavaksi? Minulla on pian oppitunti. Minun täytyy mennä. Ja jos en erehdy, sinullakin on pian oppitunti."

"Sain sen."

"Haluatko tavata vielä?"

Hän nyökkäsi.

"Minä rakastan sinua."

"Vain keskustellakseni kirjoitustehtävästäsi?"

Hän epäröi, hänen äänensä vapisi.

"Haluan jatkaa tätä. Koulutukseni. Tämä kokemus on hyödyllinen kirjoitusprosessilleni."

"Ja mitä muuta?"

Hän tiesi tarkalleen, mitä opettaja halusi kuulla.

"Ja mielestäni tämä on erittäin jännittävää", hän vastasi rehellisesti. "Se on minun suuri fantasiani. Tulin hakemaan sinua, ajattelen sinua. Haluan olla alistuvainen."

" Maanantai. Tule tänne, toimistooni, seitsemältä aamulla."

"Miksi niin aikaisin?"

"Jos huudat vahingossa, en halua kenenkään kuulevan sitä."

Samanthan silmät laajenivat ja pillua puristi.

LUKU IV

Viikonloppuna hän osallistui toiseen valokuvaukseen saman valokuvaajan kanssa.

Samassa studiossa.

Samoilla lisävarusteilla.

Kuvista tuli riskialtisempia, kun hän tottui seksuaalisuuteensa ja alistuviin mieltymyksiinsä.

Hän pyysi köysiä tiukemmiksi.

Hän halusi yrittää tuntea, millaista on olla todella alistuva.

Ja hän teki juuri niin.

Lopputulos oli erittäin eroottinen, mutta tehty loistavalla maulla.

Samantha oli jälleen polvillaan, ranteet sidottuna eteensä ja musta naamio kasvoillaan.

Valokuvauksen aikana hän huokui korkeaa aistillisuutta kaikissa ilmeissään, koska hän ajatteli jatkuvasti, että opettaja koulutti häntä.

Takaisin makuuhuoneeseen Samantha kirjoitti taukoamatta ja intensiivisesti kannettavalla tietokoneellaan istuen suosikkikirjoitusasennossaan sängyllään selkä tyynyä vasten.

Hänen kämppätoverinsa Vicky makasi viereisellä sängyllä yllään vain T-paita.

Kun Vicky venytti vartaloaan, hänen pillunsa paljastui, mutta molemmat olivat tottuneet toistensa vartaloon.

"Sinun ei tarvitse muuta kuin kirjoittaa", Vicky sanoi. "Oletko koskaan kyllästynyt siihen asiaan?"

Samantha jatkoi kirjoittamista.

"Ei onnistu."

"Saat todennäköisesti hyvät arvosanat tällä lukukaudella kaikesta kirjoittamastasi. Tule, mennään ulos syömään hampurilaisia ja pirtelöitä."

"Minun täytyy tarkkailla ruokavaliotani."

"Syö sitten vain hampurilainen ja ohita pirtelö."

Samantha pysähtyi ja katsoi kämppäkaveriaan.

"Se ei ole huono idea. Siitä on liian kauan, kun olen viimeksi syönyt hampurilaisen."

"Lahjani. Ja tiedän tarkalleen paikan", Vicky sanoi hyppäessään ylös sängystä.

Samantha oli sulkemassa kannettavaa tietokonettaan, kun hän muisti jotain.

Hän etsi valokuvia.

"Odota, voinko näyttää sinulle jotain todella nopeasti?"

Vicky käveli luokse ja katsoi kannettavan tietokoneen selkeitä kuvia.

Kuvia osittain alastomasta Samanthasta polvillaan, ranteet sidottuna ja silmiinpistäviä aistillisia asentoja.

"Vittu tyttö", Vicky huudahti. "Oletko se todella sinä?"

"Joo."

"En tiennytkään, että voisit olla niin..."

"Seksisymboli?" Samantha vitsaili. "Yritän pitää sen puolen piilossa."

Vicky nauroi.

"No, mitä tahansa teetkin, pysy siinä. Tällä tahdilla et tarvitse edes korkeakoulututkintoa, voit olla ammattimainen malli."

"Pidän parempana nykyistä uraani."

"Mikä sopii sinulle. Sillä välin minulla on nälkä. Pukeudutaan."

Samantha katseli, kun hänen kämppäkaverinsa käveli kaapin luo ja riisui paitansa jättäen hänet täysin alasti.

Kuten tavallista, Samantha tunsi hieman ihailua siitä, että Vickyä siunattiin tissiosastolla isoilla, huomiota herättävillä tissillä, mutta Samantha yritti olla kateellinen.

Hän tunsi myös hieman syyllisyyttä siitä, ettei kertonut kämppäkaverilleen tilanteesta opettajan kanssa.

Lukiosta lähtien he olivat aina rehellisiä kaikesta, varsinkin pojista.

He eivät koskaan pitäneet salaisuuksia toisiltaan.

Mutta tämä oli erilaista.

Opettaja lupasi Samanthan olla kertomatta kenellekään, ja Samantha piti aina sanansa.

Ennen sängystä nousemista Samantha avasi nopeasti Gmail-tilinsä ja kirjoitti viestin opettajalleen.

Hän liitti viimeisimmän version kirjoitustehtävästään.

Sitten hän liitti viimeiset orjakuvat, jotka hän oli ottanut sinä päivänä.

Lähetetty.

Samantha laittoi kannettavan tietokoneen pois ja riisui vaatteensa ja riisui kämppätoverinsa viereen.

Minun piti kiireesti syödä jotain kaloreita täynnä.

OSA KOLMAS
KÖYDET

LUKU I

Kun maanantaiaamu koitti, Samantha ei ollut enää huolissaan asustaan tai ulkonäöstään.

Ei niin kuin hän oli ollut muina aikoina, kun hän oli tavannut professorin.

Hän oli jo tottunut näkemään opettajan yksityisesti ja oli jo masturboinut tämän puolesta.

Hänellä oli yllään yksinkertainen pusero, hiukset poninhännässä ja vaalea meikki kasvoillaan.

Oli myös liian aikaista käyttää mitään muuta.

Siellä oli myös lyhyet ohjeet, jotka professori oli lähettänyt hänelle sähköpostitse edellisenä iltana.

Hän pyysi häntä käyttämään lyhyttä hametta ja olemaan käyttämättä pikkuhousuja.

Pyyntö, jonka hän halusi täyttää, vaikka hänellä ei ollut aavistustakaan, mitä tapahtuisi.

Professori saapui rakennukseen suunnilleen samaan aikaan.

Tuohon aikaan päivästä lähellä ei ollut melkein ketään.

Hän kantoi tavallista toimistolaukkuaan, joka sisälsi yleensä hänen kannettavan tietokoneensa ja oppituntikirjat sekä avaimet kädessään toimiston oven avaamiseksi.

Tässä vaiheessa heidän suhteensa oli muuttunut satunnaiseksi ja nähtyään he ihmettelivät toistensa viikonloppua.

Samantha tunsi olevansa hieman flirttailevampi hänen kanssaan, ja opettaja oli paljon vähemmän ankara kuin luokkahuoneessa.

Professori lukitsi oven, kun he tulivat toimistoon, mikä oli epätavallista, koska hän ei koskaan pitänyt sitä lukossa heidän ollessaan sisällä.

Kun he istuivat vastakkain, keskustelu muuttui.

"Luin asiakirjasi", hän sanoi. "Ja minä näin valokuvasi."

Tämä sai hänet hermostuneeksi jostain syystä, jota hän ei osannut selittää.

Hän yritti piilottaa sen tosiasian, että hän heilutti hetken, koska hän ei halunnut näyttää miehelle minkäänlaista heikkoutta.

"Mitä ajattelit tästä kaikesta?"

"Mielestäni kirjoituksesi on vankka. Tarinan rakenne on hyvä. Kielioppi on moitteeton. Ymmärrät hyvin englannin kielen ja pidän siitä, että vaihtelet kuvauksia. Tärkeintä on, että tarina ja hahmot ovat hyvin kehittyneitä. Se melkein näyttää "Se tuntuu omaelämäkerralliselta. Se on elävä. Pidän siitä."

Milloin tahansa muulloin Samantha olisi ollut täysin imarreltu kiitoksesta, jonka hän oli juuri saanut opettajaltaan, jota hän syvästi kunnioitti.

Mutta nyt, kun hän istui ilman pikkuhousuja, se oli viimeinen asia hänen mielessään.

"Mitä pidit kuvista?"

"Olet kaunis nuori nainen, Samantha", hän sanoi. "Olen aina ajatellut sitä sinusta."

"Halusit minun tulevan tänne seitsemältä aamulla, kun ketään muuta ei ole lähellä. Käskit minun pukeutua hameeseen. Eikä minullakaan ole pikkuhousuja."

"Joten, oletko tullut tänne vain saada koulutusta, eikö niin?"

Hän nyökkäsi.

"Teenkö minä itsestäni hölmöä?"

"Nouse seisomaan ja katso eteenpäin."

Samantha nousi seisomaan, sääti paitansa ja hameensa niin, että hän näytti siistiltä, ja katsoi eteenpäin.

Professori nousi myös seisomaan ja lähestyi häntä, katsoen tarkasti hänen nuoria kauniita kasvojaan ja yritti lukea hänen ilmeensä.

Samanthan huulet näyttivät kiristyneen.

Hänen ruumiinsa oli jännittynyt ja jäykkä, mutta hänen silmissään oli pieni kiilto, ikään kuin hän olisi odottanut tätä pitkään.

"Pidän todella sinusta, Samantha", hän sanoi. "Olet älykäs, motivoitunut, erittäin ystävällinen ja kaunis."

"Kiitos", hän sanoi melkein kuiskaten.

"Minun täytyy kertoa teille, että nautin mestarina olemisesta. Suhtaudun siihen hyvin vakavasti. Ja annan aina äärimmäisen huolen palvelijoistani."

Palvelijoita? Samantha piti siitä, mihin tämä oli menossa.

"Ymmärrän", hän vastasi.

"Entä sinä? Ikäeromme ja yliopisto-asemani vuoksi emme voi koskaan seurustella . Emme voi koskaan olla romanttisessa suhteessa. Häiritseekö se sinua?"

"Voin pitää salaisuuden. Ja olen liian kiireinen, jotta minulla olisi poikaystävä."

"Joten, kulta Samantha etsii Mestaria? Puhtaasti seksuaalisesta tarpeesta, eikö niin?"

"Luulen, että tiedät jo", hän sanoi pehmeästi.

"Oletko ajatellut tätä? Olen ensimmäinen mestarisi? Anna itsesi minulle kokonaan? En koskaan mene puolitiehen. Kun olet minun, teen kanssasi mitä haluan. Työnnän sinut rajojesi äärelle. Mutta jos sinä haluat lopettaa sen, se on ohi."

Samanthan pillua puristi.

"Sitä minä etsin. Olen aina halunnut olla alistuvainen. Ja haluan olla sitä kanssasi."

"Koska minä?" hän kysyi.

Hän hermostui.

"Kokemuksesi vuoksi. Rakastan sitä, että olet niin varovainen. Ja rakastan sitä, miten ajattelet. Kuka olet. Rakastan koko opettaja-oppilas -juttua. Rakastan autoritaarista valtaa, joka sinulla on minuun."

"Nosta hameesi."

Samantha kohotti hameaan paljastaakseen puhtaan ajelun emättimen ja paljaan takapuolen.

Hän oli hermostunut ja hänen kätensä tärisivät hieman, kun hän piti hameestaan.

"Olet kauniimpi henkilökohtaisesti kuin valokuvissa", hän sanoi.

"Kiitos."

"Kumartu nyt. Laita kätesi pöydälleni. Levitä jalkasi."

Samantha totteli.

"Mitä aiot tehdä?"

"Teen sinulle suuren palveluksen. Tämä on kirjoitustehtäväsi. Pidän siitä, mihin tarinasi etenee. Mutta sinulla on joitain asioita opittavaa. Jos haluat kirjoittaa kunnolla seksuaalisesta matkasta, niin opettajana , haluaisin sinun tekevän sen." kokemus omakohtaisesti."

Samanthan pillu nykisi, kun hän säilytti asentonsa pöydällä.

Hän piti katseensa suoraan eteenpäin, kun professori tutki toimistolaukkuaan.

Minulla ei ollut aavistustakaan mitä etsin, enkä halunnut etsiäkään.

Pelkäsin liian katsoa.

Hän halusi vain antaa asioiden edetä.

Hänen kätensä alkoivat hieroa hänen sileää takapuolta ja pehmeitä reisiään.

"Miten kauniit jalat", hän huomautti. "Aion laittaa pistokkeen peppuusi. Oletko koskaan tuntenut sellaista ennen?"

"Ei. Luuletko, että pidän siitä?"

"Jos rentoudut ja teet mitä käsken, nautit monista asioista."

Professori vaivasi hänen takapuolta kuin taikinaa.

Purista kovaa ja hiero.

Kun Samantha levitti hänen takapuolensa, hän tunsi itsensä hyvin paljastuneeksi.

Hän tiesi, että hän katsoi syvälle hänen peräaukkoonsa.

Sitten hän päästi irti.

"Tämä saattaa tuntua hieman kylmältä", hän sanoi ja avasi voiteluaineen.

Samanthan ruumis nykisi, kun professori kosketti hänen peräaukkoaan voideltuilla sormillaan, mutta hän sai nopeasti hallinnan pysyen paikallaan.

Sormet kiertävät hänen peräaukkoaan ennen työntämistä sisään ja peittivät hänen peräsuolensa peräaukon voiteluaineella.

"Pidätkö anaaliseksistä?" kysyi.

"Voi, joo. Mutta vain jos olen hyvällä tuulella. Kuten näette, olen hieman tiukka siellä."

"Siltä tuntuu. Rentoudu nyt, tämä tuntuu aluksi hieman epämukavalta, mutta siihen tottuu. Lupaan."

Siirrettyään sormensa pois, professori painoi tulpan Samanthan peräaukon rengasta vasten.

Se oli neljä tuumaa.

Hallittavissa jokaiselle naiselle.

Hän painoi kevyesti ja tulppa meni peräaukon renkaan läpi voiteluaineen ansiosta.

Samanthan ruumis kiemurteli ja haukkoi henkeään, mutta hän säilytti malttinsa.

Hän työnsi sitä sisään, kunnes se oli kokonaan sisällä.

Tappitulppa suunniteltiin menemään neljän tuuman sisään, minkä jälkeen se pysäytettiin tasaisella pinnalla, jotta Samantha voisi istua myöhemmin ilman liiallista vaivaa.

"Nyt aion laittaa jotain emättimeenne", hän sanoi. "Pieni vibraattori, jota vain minä voin hallita."

Samantha pudisti peppuaan.

"Olen armoillasi."

"Hyvä tyttö."

Professori katsoi toimistolaukkuaan ja otti esiin pienen noin kuusi tuumaa pitkän vibraattorin, jossa oli hihnat, jotta se voitiin sitoa.

Hän erotti Samanthan ohuet ruskeat huulet paljastaen hänen vaaleanpunaisen halkeavansa.

Hän oli märkä, joten tiesin, että hän oli päällä.

Sitten hän painoi vibraattoria hänen märkää reikää vasten ja työnsi.

Sisäänpääsy oli helppoa, varsinkin kun Samanthan jalat olivat levittäytyneet ja pillu kiihottui.

Tuuma tuumalta vibraattori pääsi Samanthan pilluun.

Hän painoi kätensä pöytää vasten nauttien sisäänkäynnin tunteesta ja myös siitä, että professori teki sen.

Kun pieni vibraattori oli kokonaan sisällä, opettaja kiinnitti hihnat Samanthan jalkojen ja takapuolen ympärille, kunnes vibraattori oli täysin kiinni.

"Vaikka se pieni asia tärisee kuinka kovaa tahansa, en ole menossa minnekään." Hän ajatteli

"Istu nyt", sanoi professori.

Samantha nousi seisomaan, suoristi hameensa ja istuutui takaisin istuimelle pöydän eteen.

Se oli vähän kiusallista, kuten odotin.

Se oli ensimmäinen kerta, kun käytin pistotulppaa, ja oli outoa istua sen päällä.

Hänen peräsuolensa oli venynyt ja hänestä tuntui, että takapuoleen sattui jo.

Myös hänen pillunsa sisään kiinnitetty vibraattori oli outo tunne.

En ollut koskaan ennen tuntenut mitään tällaista.

Yleensä kun jotain tämän muotoista ja kokoista oli hänen pillussaan, Samantha oli selällään tai nelijalkain istumatta.

Yhdessä tunne oli surrealistinen.

Hänen molemmat aukot olivat täynnä seksileluja.

Ja se oli syystä.

Niin epämukavaa kuin se olikin, se oli myös seksuaalisesti jännittävää.

"Seuraavaksi aion sitoa sinut tuoliin", hän sanoi.

Hän nielaisi.

"Minä jaksan sen."

Professori piti sanansa.

Hänen toimistolaukunsa sisällä oli sinisiä köysiä, joilla näytti olevan sileä rakenne.

Kun Samanthan vasen ranne oli sidottu sohvaan, hän näki olevansa oikeassa.

Köysi tuntui pehmeältä hänen arvokasta ihoaan vasten.

Opettajan solmima solmu vaikutti ammattimaiselta ja oikealta.

Ja hän teki sen täydellisellä paineella.

Sama prosessi toistettiin hänen oikean ranteensa kanssa.

Seuraavaksi tulivat hänen nilkkansa.

Hän katseli, kuinka professori toisti prosessin taitavasti jokaisella nilkkallaan.

Hän katsoi häntä ja ihmetteli hänen taitojaan.

Hän oli varmasti kokenut mestari, varsinkin mitä tulee köysiin, hän ajatteli.

Ei ihme, että professori oli niin ymmärtäväinen Samanthan orjuuskuvista, koska hänellä oli täsmälleen sama fetissi, hän ajatteli.

Kun hän lopetti, Samantha oli täysin sidottu tuoliin, seksilelut takamuksessa ja emättimessä.

Tämä oli erilainen euforia kuin valokuvaukseen osallistuminen.

Tämä oli oikeaa elämää.

Ja hän oli täysin opettajansa armoilla, jota hän syvästi ihaili.

Hän nojautui taaksepäin, hänen peppunsa lepäsi pöytäänsä vasten ja katsoi töitään.

Samantha sidottu istuimeen.

"Toivon, että voisit nähdä itsesi", professori sanoi. "Niin kaunis, niin avuton. Täydellinen esitys alistumisesta."

Hän nyökkäsi.

"Kiitos sinun."

"Tätäkö odotit? Miltä sinusta tuntuu? Kadutko tätä? Pidätkö sitä nöyryyttävänä? Kerro minulle ja ole tarkka."

Hän kokosi ajatuksensa.

"Tunnen olevani elossa. Ihan kuin olisin turvassa kanssasi. Koska tiedän, ettet koskaan satuttaisi minua. Siinä on lohtua. Ja rakastan olla hallinnassasi. Seksuaalinen kontrollisi. Antaa itseni sinulle. En tiedä voinko koskaan selittää sen täysin." , mutta siltä minusta tuntuu."

"Siinä se on", hän huomautti. "Näitä ajatuksia sinun on mietittävä tullaksesi jonakin päivänä suureksi kirjailijaksi. Sinusta on tulossa nainen, joka on sopusoinnussa itsensä kanssa. Kukoistaa."

"Minäkin haluan tuntea sen."

"Olen askeleen edellä sinua", hän sanoi nostaen pientä laitetta. "Nämä painikkeet ohjaavat sisälläsi olevaa vibraattoria. Mikä tarkoittaa, että hallitsen nyt kehoasi ja mieltäsi. Haluatko silti kokea elämäntavan, jota olet kaivannut niin kauan?"

" Joo ... "

Heti kun nuo sanat karkasivat hänen huuliltaan, professori painoi nappia, joka sai vibraattorin aktivoitumaan.

Samanthan koko vartalo tärisi ja hänen kasvonsa irvistivät.

Hänen kätensä vetäytyivät tahattomasti köysiin vetäessään, mutta turhaan, köydet olivat liian vahvoja.

"Se on vasta ensimmäinen askel", hän sanoi.

Seksilelu jatkoi värähtelyä hänen pillussaan.

"Voi luoja, se tuntuu... En ole koskaan ennen käyttänyt tällaista vibraattoria. Se tuntuu niin..."

Opettaja katseli oppilaan kiemurtelevan varovasti, kun hän painoi toista painiketta ja lisäsi vibraattorin tehoa toisella lovella.

Samantha näytti hengästyneeltä, kun hänen silmänsä laajenivat ja hänen suunsa muodosti O:n.

Näytti siltä, että hän oli hetkellisesti hengästynyt, kun vibraattori teki taikuuttaan.

"Tämä on alistumisen ydin", professori sanoi. "Olen täysin hallinnassa. Olet täysin eksyksissä . Ja minun velvollisuuteni on saada sinut tulemaan. Nyt sinun ei tarvitse enää ihmetellä, millaista se on. Koet sen omakohtaisesti, eikö niin?"

Hän kamppaili puhuakseen.

"Joo ..."

"Haluaisitko orgasmin?"

Hän nyökkäsi.

"Joo ..."

Hänen äänensä vaimeni, kun värähtely muuttui ylivoimaiseksi.

Sitten professori painoi kytkintä, joka nosti vibraattorin korkeimpaan asentoon.

Tämä sai Samanthan koko kehon tärisemään ja hänen kätensä puristuksiin.

Hänen pakaransa painuivat tahattomasti hänen takapuolensa vasten.

Hänen silmänsä sulkeutuivat ja hän voihki äänekkäästi.

Kun Samantha itki ja huusi, opettaja laski vibraattorin ensimmäiseen pykkään ja Samantha rauhoittui.

"Olet liian äänekäs ", professori huomautti. "Saamme jäädä kiinni, jos huudat noin."

"Olen niin pahoillani", hän vastasi hengittäen raskaasti, kun seksilelu edelleen humisi hänen pillussaan. "Se oli niin intensiivistä. En ollut koskaan tuntenut mitään sellaista ennen."

"Mutta haluat silti orgasmin, eikö niin?"

Hän nyökkäsi silmillään kuin söpö pentu.

"Tietysti."

"Sitten minun täytyy suututtaa sinua jotenkin. Onko ehdotuksia siitä, mitä voin laittaa suuhusi pitääkseni sinut hiljaa ?"

Se oli retorinen kysymys.

He molemmat tiesivät sen.

Samantha oli kyllin älykäs ymmärtääkseen, mitä professori ehdotti.

Ja hän myös rakasti häntä koko sydämestään.

"Sinun kukkosi."

Hän hymyili.

"Vain pitääkseni sinut hiljaa ? Vai haluatko minun harjoittelevan suusi?"

"Haluan tulla koulutetuksi. Syvä kurkku, aivan kuten olen haaveillut."

"Hyvä tyttö."

Opettaja laski kaukosäätimen alas ja alkoi avata housujaan.

Samantha katseli huolestunein silmin, kun professori vapautui.

Hän huomasi, että hän oli melkein täysin pystyssä ja hänen kokonsa oli melko vaikuttava.

Se vain sai hänet kiihottumaan.

Hän astui eteenpäin, hänen kalunsa roikkui Samanthan kasvojen edessä , kaukosäädin takaisin kädessään.

"Aion laittaa kukkoni suuhusi", hän sanoi. "Aiot imeä sitä. Ja aiot mennä syvään kurkkuun sen. Samalla aion saada sinut imemään vibraattorilla. Ymmärrätkö minua?"

"Kyllä", hän myöntyi.

"Muista tämä tunne. Käytä tätä tunnetta kirjoittaessasi. Ehkä tulet rakastamaan sitä. Ehkä tulet vihaamaan sitä. Mutta ainakin yrität."

"Haluan sen. Enemmän kuin mitään."

Tällä professori ohjasi kukkonsa Samanthan kasvoja kohti.

Hän avasi suunsa ja hyväksyi sen.

Se liukui hänen huultensa väliin ja hän kietoi huulensa sen ympärille imeen sitä.

Professori huokaisi.

"Sinulla on suu kuin enkelillä", hän huomautti. "Jatka imemistä."

Ja Samantha teki sen.

Hän imi ja pudisti päätään parhaansa mukaan.

Hän ei voinut muuta kuin liikuttaa niskaansa edestakaisin.

Hän työskenteli huulillaan ja kielellään.

Hän antoi hänelle hyvän imunsa ja pyöritti kieltään hänen erektionsa kärjen ympäri.

Se oli jotain, jonka hän tiesi miesten ehdottomasti rakastavan.

Ja hän rakasti tehdä sitä.

Hän rakasti myös tunne hänen kukko saada kovaa suuhunsa.

"Rentoudu", hän sanoi. "Aion mennä syvemmälle. Älä taistele sitä vastaan."

Professori laittoi kätensä Samanthan päälaelle, työnsi sitten varovasti ja vei peniksensä syvemmälle.

Hän tukehtui hieman, sitten hän perääntyi.

Hän tiesi nyt Samanthan suulliset rajat .

Tytöllä oli tavallinen gag-refleksi.

Hän meni takaisin sisään, juuri sinne, missä Samanthan okeutusrefleksi oli, ja niin pitkälle hän meni.

Hän halusi harjoitella hänen kurkkuaan seksuaalisesti, ei saada häntä oksentamaan.

"Nyt on silloin, kun aion tehdä sinusta cum", hän sanoi. "Rentouta kehoasi. Olet nyt hallinnassani."

Opettaja painoi nappia ja vibraattori palasi korkeimmalle tasolle.

Samantha kiemurteli istuimellaan, häntä kohdeltiin kuin orjaa.

Hänen pakaransa puristi jälleen pistokkeen pieneen reikään.

Hänen silmänsä muuttuivat kosteiksi.

Hänen kätensä muodostivat tiukkoja solmuja.

Hänen sormensa puristutuivat kenkien sisään.

Pieni toimisto oli täynnä pienen mutta tehokkaan vibraattorin ääntä, joka teki taikuuttaan Samanthan märässä pillussa.

Samanthan suusta kuului myös suuttuvia ääniä ja vaimeaa kiljuntaa.

Röyhkeitä ääniä imemisestä ja ryypistämisestä.

"Jatka imemistä", hän sanoi. "Voit tehdä molempia. Ime se ja koe orgasmi samaan aikaan."

Samantha palasi keskittymään imemään professorin kukkoa.

Ehkä se poistaa äärimmäiset tunteet hänen ala-alueellaan, hän ajatteli.

Hän yritti parhaansa mukaan liikuttaa kieltään jäsenen ympärillä, mutta se oli vaikeaa, koska kukko oli kurkkuun asti.

Hän yritti myös työskennellä huulillaan parhaansa mukaan.

Hän ei ollut koskaan syvästi kurkistanut miestä ennen, joten tämä oli hänelle epätavallinen oppimiskokemus.

Kun hän imeskeli, hänen pillunsa tunteet kasvoivat voimakkaaksi.

Paine kasvoi ja kasvoi.

Samoin pitkittyneiden värähtelyjen aiheuttama kipu sekä peräsuolen kipu ja raajojen sidottua kipua.

Hän teki äänen, joka vaimensi hänen kukkonsa.

"Oletko lähellä cummingia?"

Hänen kyyneliset silmänsä katsoivat professoria.

Pennun silmillä.

Hän nyökkäsi hieman, parhaansa mukaan vahingoittamatta professorin kukkoa.

Professori hymyili.

"Cum for me, baby. Rentoudu vain ja anna sen tapahtua."

Samantha sulki silmänsä ja keskittyi imemään kurkussaan olevaa kukkoa yhdessä hänen ala-alueensa voimakkaiden tunteiden kanssa.

Totta kai, orgasmi tuli.

Nyt hän ei enää pystynyt pitämään ote nyrkkeistään ja varpaistaan.

Hänen lihaksensa rentoutuivat.

Hänen ruumiinsa sattui.

Hän tunsi voimakkaan vapautumisen pillussaan.

Paine saavutti huippunsa ja orgasmi oli sanoinkuvaamaton.

Kun se tuli, se tuntui spurtilta.

Nesteitä valui ulos pillusta peittäen vibraattorin ja aiheuttaen sotkun hänen istumapaikastaan.

Normaalisti hän kauhistuisi hänen hameeseensa tekemästä sotkusta, koska hänen täytyisi kävellä hallien läpi ja kampuksen poikki tuon orgasmin tahran kanssa.

Mutta tämä ei ollut normaalia aikaa, ei sillä hetkellä.

Ainoa asia, jolla hänelle oli väliä, oli se voimakas tunne.

Millään muulla ei ollut väliä.

Vittu märkä hame.

Tämä oli hänen koko elämänsä uskomattomin orgasmi.

Hän hengitti raskaasti silmät kiinni.

Sitten hän rentoutui ja huokaisi.

Silloin opettaja tiesi, että hän oli juuri lopettanut kumoamisen.

Ei ollut mitään järkeä vaivata Samanthaa enempää, joten hän sammutti vibraattorin.

"Se oli kaunista", hän sanoi. "Mutta nyt on minun vuoroni. Onko sinulla vielä energiaa?"

Hän katsoi ylös ja nyökkäsi, hänen silmissään kyyneleitä juuri kokemastaan orgasmista.

Professori heilutti lantiotaan.

Viimeisessä näytöksessä halusin naida hänen suunsa ja kurkkuaan, ja tein juuri niin.

Hän jatkoi imemistä.

Kun hänen energiansa palasi, hän palasi töihin kielellään ja huulillaan.

"Nele se", hän sanoi.

Hän piti Samanthan päätä paikallaan toisella kädellä, ja toisella kädellä hän silitti raivoissaan kovaa, raivoavaa kukkoaan, samalla kun hänen erektionsa kärki oli Samanthan lämpimässä suussa.

Samantha oli ylpeä siitä, että hän pystyi tekemään opettajasta niin kovan, ja tämä toimi.

Se sai hänet tuntemaan itsensä seksikkääksi, haluttavaksi ja hänen halutuksi.

Orgasmi ampui opiskelijan suuhun.

Suihku toisensa jälkeen siemennestettä meni Samanthan suuhun, hänen kielensä päälle ja alas hänen kurkkuun.

Samantha nielaisi jokaisella siemennesteen purskeella.

Sitä hän piti tehdä, varsinkin nyt miehelle, joka oli juuri antanut hänelle tuon ikimuistoisen orgasmin.

Hän nautti sen kumin mausta ja koostumuksesta.

Hän maisti sen suussaan.

Hän pyöritti sitä kielellään.

Tätä hän ei pian unohtanut.

Hän jatkoi imemistä, kunnes kaikki oli loppunut.

Sitten, kun cum pysähtyi, hän pyöritteli kieltään hänen kukkonsa pään ympäri ja nuoli aukkoa.

Kun kukko pehmeni, hän antoi sen pudota suustaan ja antoi samalla suudelman päähän.

Samantha katsoi opettajaansa, joka katsoi häntä.

Heidän katseensa kohtasivat.

Heidän välillään vallitsi hienovarainen ymmärrys.

He tiesivät, mitä toinen ajatteli.

Samantha oli alistuva tyttö, joka sai vihdoin kokea fantasiansa.

Ja professori oli mies, joka osasi nauttia rakkaudestaan naisten kouluttamiseen.

"Se on kokemus alistumisesta", hän sanoi. "Nyt sinä tiedät. Tee sillä tiedolla mitä haluat."

"Rakastin sitä. Jokaista sekuntia", hän huokaisi ja kesti hetken rauhoittua.

"Olen iloinen, että koit mitä halusit. Jos olet hyvä tyttö, voimme tehdä tämän uudelleen."

Hän hymyili hänelle hellästi:

"Parempi. Koska kirjoitan pitkää romaania."

Kun opettaja irrotti oppilaan ranteet, hän antoi pehmeät suudelmat tämän otsalle.

Hän oli myötätuntoinen mestari.

Ja Samantha oli hyvin utelias ja sitkeä alistuva.
Tietysti he tekisivät sen uudelleen, hän ajatteli.

LOPPU